Analyse d'œuvre

Rédigée par Marianne Lesage

Ne tirez pas sur l'oiseau moqueur

de Nelle Harper Lee

Profil Littéraire

NELLE HARPER LEE, DITE HARPER LEE

- Née le 28 avril 1926, à Monroeville (Alabama).
- Décédée le 19 février 2016, dans la même ville.
- **Quelques-unes de ses œuvres :**
  - *Ne tirez pas sur l'oiseau moqueur* (roman, 1960)
  - *Va et poste une sentinelle* (roman, 2015)

À l'été 1960, une jeune auteure inconnue publie son premier roman, un livre qui restera longtemps son unique œuvre. Harper Lee a alors 34 ans. Depuis dix ans, elle occupe à New York des emplois alimentaires afin de pouvoir percer dans le milieu littéraire. Les trois dernières années de cette décennie sont devenues monacales, et elle travaille sans relâche à la rédaction et aux multiples réécritures de ce qui deviendra *Ne tirez pas sur l'oiseau moqueur*. Personne, et certainement pas l'auteure du roman, ne se doute que vient de paraître à la fois un best-seller qui se vendra à des millions d'exemplaires à travers le monde, mais aussi et surtout un livre qui deviendra un incontournable de la culture américaine contemporaine. Personne ne le sait encore, mais Atticus Finch servira de modèle à des générations d'avocats, et, un demi-siècle plus tard, l'histoire d'un Noir accusé et condamné à tort continuera de faire débat.

Pourtant, le succès est immédiat et phénoménal, au point que le roman remporte un Pulitzer avant d'être adapté au cinéma et de rencontrer, là encore, un immense succès. Malgré cette incroyable popularité, Harper Lee décide de tout simplement rentrer en Alabama et de redevenir Miss Nelle, une citoyenne américaine comme il y en a tant d'autres, qui refuse tout commentaire et interview. Ce silence durera cinquante ans. Étrange destin littéraire que celui d'une auteure qui parvient à exprimer la substance d'une époque avant de se taire à jamais...

NE TIREZ PAS SUR L'OISEAU MOQUEUR

- **Genre :** roman
- **1ʳᵉ édition :** 1960
- **Édition de référence :** *Ne tirez pas sur l'oiseau* moqueur, Paris, Le Livre de Poche, édition numérique, 2006
- **Personnages principaux :**
    ◦ Jean Louise Finch, dite Scout, jeune fille âgée de 6 ans
    ◦ Jeremy Finch, dit Jem, jeune garçon âgé de 10 ans
    ◦ Atticus Finch, leur père, avocat
    ◦ Charles Baker Harris, dit Dill, l'ami d'été de Jem et Scout
    ◦ Calpurnia, la domestique
    ◦ Bob et Mayella Ewell, les accusateurs
- **Thématiques principales :** le racisme, la ségrégation raciale, la vie d'une petite ville, l'esprit sudiste, l'humour, la perte des illusions, le mûrissement, l'apprentissage de la vie.

Ne tirez pas sur l'oiseau moqueur nous plonge dans l'Alabama de la Grande Dépression, mais il ne fait aucun doute pour le lecteur que les faits relatés sont intemporels. Le racisme, les préjugés, le courage, l'éducation, la relation à l'autre malgré ses différences, sont autant de thématiques qui méritent d'être réactivées à chaque génération. Bien sûr, il y a dans le roman cet esprit vieux Sud, qui lui donne une saveur particulière allant de pair avec les étés torrides et le souvenir de la guerre de Sécession (1861-1865).

Le projet d'Harper Lee, s'il est en partie de dépeindre le Sud telle qu'elle le connaît, est surtout de révéler des travers humains, des laideurs morales aux conséquences dramatiques. Et plutôt que de sentencieux discours, elle choisit un biais original : le point de vue d'une petite fille qui parvient à grandir tant bien que mal dans un monde qu'elle découvre chaque jour un peu plus perturbant. Si on a pu lui reprocher un moralisme en noir et blanc un peu naïf, il n'empêche qu'Harper Lee est aujourd'hui lue par des millions d'écoliers. Le roman, resté longtemps l'unique œuvre de l'auteure, s'est vendu à plus de 30 millions d'exemplaires dans le monde, preuve s'il en faut de l'impact qu'il a eu sur le public.

LA VIE DE HARPER LEE

Photo de Harper Lee en compagnie de l'ex-président des États-Unis, George W. Bush, à l'occasion de la remise de la médaille présidentielle de la Liberté, en 2007.

NELLE LEE, UN GARÇON MANQUÉ

L'Alabama de Scout et Jem, c'est d'abord celui de l'auteure elle-même. Nelle Harper Lee voit le jour dans cet État du Sud des États-Unis, le 28 avril 1926. Si sa mère est femme au foyer, comme il est de coutume à l'époque pour les dames de la moyenne bourgeoisie, son père, un self-made-man issu d'une famille de fermiers, est, au moment de la naissance de Nelle, rédacteur en chef pour la gazette de la ville, le *Monroe Journal*. Naguère avocat, il a notamment eu à défendre deux jeunes Noirs accusés du meurtre d'un commerçant blanc. Le procès se soldera par la mise à mort des accusés, mais fournira au futur écrivain une solide base pour imaginer son intrigue centrale.

Comme la famille Finch, les Lee font partie de la noblesse locale. Ils sont de lointains descendants de Robert E. Lee (1807-1870), général en chef de l'armée sudiste pendant la guerre de Sécession et héros du Sud. Non que cela leur apporte un confort matériel : l'écrivain expliquera à plusieurs reprises que le manque d'argent et l'obligation de se servir de son imagination pour se distraire sont à la source de son imaginaire. La jeune Nelle grandit entourée de ses deux sœurs dont l'une, devenue avocate, s'occupera des affaires courantes de l'auteure jusqu'à son décès en 2014, et d'un frère, futur pilote, qui mourra jeune. L'été, elle le passe avec le jeune Truman Capote (écrivain américain, 1924-1984) qui séjourne à Monroeville durant les vacances. On dit de Nelle qu'elle grimpe aux arbres comme un garçon et qu'elle préfère les vélos aux poupées. Sans que l'on puisse réellement parler d'autobiographie, on retrouve tout de même beaucoup de Nelle Lee dans Scout Finch.

Arrivée au lycée, la jeune fille se prend de passion pour la littérature et commence à caresser des rêves d'écriture. Pourtant, c'est en faculté de droit qu'elle s'inscrit, moitié par culture familiale, moitié par envie de donner une structure à ses projets littéraires. Très investie dans le journal de l'université, elle quittera pourtant celle-ci avant d'avoir fini son cursus.

LA LONGUE ROUTE VERS *L'OISEAU MOQUEUR*

On retrouve Nelle à New York en 1949, où elle est engagée dans une compagnie aérienne tout en travaillant sans relâche à ses nouvelles et projets de romans. Elle conçoit une trilogie autour de la ville fictive de Maycomb, mais devra attendre l'année 1956 pour trouver un agent, condition *sine qua non* d'une carrière littéraire solide. À la Noël de la même année, les amis de Nelle lui font un cadeau inestimable : une année de salaire, qui lui permet de quitter son emploi alimentaire et d'écrire à plein temps.

Entre 1957 et 1959, alors âgée de 31 ans, Nelle travaille avec acharnement à l'écriture de son premier roman, ne s'interrompant que pour revenir brièvement en Alabama, pour la mort de sa mère puis celle de son frère. Fin 1957, elle propose *Va et poste une sentinelle* à divers éditeurs qui se disent volontiers impressionnés. Pourtant, s'entend-elle répondre, le roman, qui s'apparente à une somme d'anecdotes et de nouvelles, n'est pas publiable en l'état. Tay Hohoff, éditrice chez Lippincott & Co, décèle néanmoins le potentiel du roman et travaille main dans la main avec la jeune auteure pour transformer cette *Sentinelle* en *Oiseau moqueur*, enfin pourvu d'une intrigue centrale solide qui fasse sens pour l'Amérique des années cinquante. Cette lente gestation dure trois ans.

Quand le roman paraît en 1960, le succès est immédiat et phénoménal. Les critiques louent la fresque sociologique, le talent de Lee à saisir toutes les subtilités de la société sudiste, du Blanc pauvre à la vieille aristocratie terrienne. On s'émeut de la prouesse à faire parler une enfant de 6 ans, de l'équilibre délicat entre drame et comédie... Tant et si bien que le roman est nominé pour le prix Pulitzer dans la catégorie « fiction », prix qu'il remporte en 1961.

En 1962, moins de deux ans après la parution du roman, sort sur les écrans l'adaptation par Robert Mulligan (*Du silence et des ombres*, 1963), avec Gregory Peck (1916-2003) dans le rôle d'Atticus Finch, une adaptation qui remportera elle aussi de nombreuses récompenses, dont l'Oscar du meilleur acteur. À ce jour, le roman a été traduit dans 30 langues et s'est vendu à 30 millions d'exemplaires. Comme l'ont noté plusieurs commentateurs contemporains, un véritable classique de la littérature américaine vient de naître sous leurs yeux.

RETOUR À L'ANONYMAT

Nelle Lee, devenue Harper Lee, goûte peu la célébrité et la tempête médiatique soulevée par son roman. L'inexpérience la pousse à accorder quelques interviews entre 1960 et 1962, mais l'exercice lui déplaît et elle ne tarde pas à les refuser systématiquement, trouvant la plupart des questions des journalistes ineptes et convenues. Sans atteindre l'extrême réclusion d'un Salinger (écrivain américain, 1919-2010) ou d'un Pynchon (écrivain américain, né en 1937), Harper Lee ne reviendra jamais de son plein gré sur le devant de la scène médiatique littéraire.

Lorsqu'en 1962, son père tombe malade, Nelle décide de quitter New York pour rentrer en Alabama. Pendant quelques années, elle retrouve son ami d'enfance, Truman Capote, et l'assiste dans ses recherches sur une affaire de meurtre sordide. Ce qui devait être un article à quatre mains sur l'assassinat d'une famille de fermiers devient le chef d'œuvre de Capote, *De sang-froid*, qu'il dédie à son amie de toujours, Harper Lee.

Si l'auteure publie encore quelques essais dans des magazines, sa carrière littéraire semble terminée. Ainsi, un roman intitulé *The Long Goodbye*, qui aurait dû faire suite à *Ne tirez pas sur l'oiseau moqueur*, est abandonné en cours d'écriture. Des rumeurs ont couru sur l'existence d'un récit de non-fiction, probablement intitulé *The Reverend* et centré sur une série de meurtres commis en Alabama, qui n'a pas non plus vu le jour.

Pourtant, 2015 voit la publication de *Va et poste une sentinelle*, le roman qui avait servi de base à *Ne tirez pas sur l'oiseau moqueur* et qui présente les mêmes personnages sous un jour bien plus sombre. Si la nouvelle a réjoui les fans de la romancière, elle n'est pas sans soulever de nombreuses questions quant à la capacité de Harper

Lee, laissée sourde et aveugle par une attaque en 2007, à autoriser la publication de son ancien manuscrit. L'œuvre elle-même, malgré la curiosité initiale (plus d'un million d'exemplaires vendus aux États-Unis au cours de la première semaine), n'est pas exempte de critiques, à l'instar de celle du romancier et critique du *Guardian* Philip Hensher qui constate que cette sentinelle est « un document intéressant et un mauvais roman » (*TheGuardian.com*, article du 19 février 2016). Sans doute les lecteurs de l'*Oiseau moqueur* ont-ils été déroutés par la peinture d'un Atticus Finch vieillissant, perclus de préjugés raciaux au point de fréquenter le Ku Klux Klan.

Le 19 février 2016, l'auteure s'est éteinte paisiblement dans son sommeil, dans sa ville natale.

RÉSUMÉ DE *NE TIREZ PAS SUR L'OISEAU MOQUEUR*

UNE ENFANCE EN ALABAMA

Alabama, dans les années trente. Dans la petite ville fictive de Maycomb, Jean Louise Finch, dite Scout, une fillette âgée de 6 ans, et son frère Jérémy, dit Jem, âgé de 10 ans, coulent des jours paisibles entre un père avocat attentionné, mais vieillissant, Calpurnia, la cuisinière de couleur qui les a élevés depuis la mort de leur mère, et une ribambelle de voisins et de membres de la famille plus ou moins sympathiques. Scout commence un long et parfois douloureux apprentissage des règles et des coutumes qui régissent la vie à Maycomb : ce qui se fait et ne se fait pas, ce qui est convenable pour une jeune fille et ce qui ne l'est pas. Grâce à Calpurnia, elle découvre également la population noire qui lui était inconnue jusqu'alors. Entre l'école, les bavardages des voisines, les sermons de sa tante Alexandra, elle apprend bon gré mal gré ce que veut dire être Blanc et pauvre dans ce coin de l'Alabama, comme les Ewell, la honte de la ville, ou Blanc et moins pauvre, comme les Cunnigham, ou Blanc et descendant d'une vieille famille de la ville, comme les Finch eux-mêmes. Malgré les remontrances, Scout fait de la résistance, continue de porter des salopettes et de se bagarrer dans la cour de l'école, refusant le plus longtemps possible de devenir « une dame ».

Avant que Scout n'entre à l'école comme les grands, les enfants sont livrés à eux-mêmes dans la touffeur de l'été sudiste, et font la rencontre de Dill, le neveu d'une voisine. Tous trois passent leurs journées à imaginer des scénarios de jeu et à explorer le voisinage. Ils sont particulièrement attirés par la maison des Radley, et pour cause : ses habitants n'en sortent presque jamais et on raconte qu'une créature monstrueuse y demeure, même s'il s'agit en réalité du fils reclus de la famille, surnommé Boo par les enfants du quartier. Par la suite, la découverte d'un arbre creux dans lequel quelqu'un leur laisse de menus cadeaux amène les enfants à réviser leur jugement sur Boo Radley, impression confirmée par plusieurs incidents démontrant la bienveillance du reclus à leur égard.

LA FIN DE L'INNOCENCE

Le monde des adultes pénètre lentement celui des enfants. Lorsque Scout se bat avec son cousin qui a traité Atticus d'« ami des nègres » (chapitre 9), elle apprend que son père s'est chargé de défendre un homme noir accusé d'avoir violé une jeune fille blanche, l'aînée des Ewell. Toute la ville s'empare de l'affaire, qui se résume rapidement à la parole de l'un contre l'autre. Atticus explique à sa fille qu'elle va devoir être forte, faire face aux moqueries et méchancetés dont elle et son frère seront sans doute la cible, et surtout ne pas se battre – ce qui lui demande beaucoup d'effort et de maturité, tout comme à Jem. Si Scout semble perplexe devant ce monde d'adultes qu'elle découvre par à-coups, Jem, plus âgé, apparaît de plus en plus amer et dépité. À la demande d'Atticus, la tante Alexandra vient s'installer chez les Finch pour surveiller les enfants. C'est ainsi un peu du rigorisme collet monté de la ville qui entre dans la maison, avec ses querelles héréditaires et son lot d'obligations plus ou moins absurdes.

Pendant ce temps, la tension monte autour du procès. La communauté noire, craignant pour sa sécurité, ostracise la famille de l'accusé, Tom Robinson. À plusieurs reprises, des groupes d'hommes armés viennent menacer Atticus et sa famille : seuls le courage de Jem et l'innocence amicale de Scout permettent d'éviter le drame. Dès l'ouverture du procès, dans une ambiance survoltée, il apparaît que le témoignage de la victime, Mayella Ewell, et de son père, Bob Ewell, sont très peu crédibles, et les témoins peu fiables. Il n'y a probablement pas eu viol et, si la jeune fille a été battue, c'est sans doute la faute de son père. Malgré une plaidoirie enflammée d'Atticus et l'absence de preuves tangibles, Tom est déclaré coupable et condamné à mort, ce qui ne surprend guère que les enfants. Néanmoins, aux yeux de la communauté noire et d'un certain nombre d'habitants, Atticus apparaît désormais comme un héros. Le conflit s'achève de façon aussi brutale que tragique : Tom Robinson est abattu par les gardiens, alors qu'il tentait de s'échapper de prison.

Il semble que la paix revienne lentement à Maycomb et que les apparences soient sauves, même si elles ont pour les enfants le goût amer de la déception. Pour autant, les mois qui ont précédé le procès leur avaient déjà permis de faire l'apprentissage de la société adulte. Ainsi, les deux enfants en ont appris davantage sur leur père : il a fait preuve à plusieurs reprises d'un héroïsme calme et modeste qui les a surpris. Diverses affaires de voisinage leur ont également montré que, d'une part, les apparences pouvaient être trompeuses, que les gens avaient le droit de penser ce qu'ils voulaient, mais que, d'autre part, ne pas être de l'avis de tout le monde ne voulait pas forcément dire que l'on avait tort.

Bien que sa famille ait eu gain de cause et que l'honneur de sa fille soit plus ou moins restauré, Bob Ewell ne pardonne pas à Atticus de l'avoir ridiculisé devant toute la ville en le faisant passer pour un menteur, un ivrogne et un père indigne. Plutôt que de confronter l'avocat, il choisit de s'en prendre à ses enfants qu'il attaque par surprise le soir d'Halloween. Scout et Jem sont sauvés *in extremis* par leur mystérieux ami, Boo Radley, qui poignarde leur assaillant. Pour autant, le shérif refuse d'accuser Boo, préférant noter dans son rapport que Bob Ewell est tombé sur son propre couteau. Par cette attitude généreuse, Scout comprend qu'il existe encore de la compassion et de la bonté en ce monde.

L'ŒUVRE EN CONTEXTE

Avec la ville de Maycomb, Harper Lee crée une bulle minuscule dans laquelle évoluent différents archétypes humains. De nombreux critiques ont, à ce titre, évoqué l'aspect intemporel de cet *Oiseau moqueur*. La ville n'est pas pour autant coupée du monde extérieur et, par endroits, l'Histoire s'impose bon gré, mal gré dans les faits et gestes de la communauté. Il ne s'agit cependant pas de faire du roman un récit évoquant telle ou telle période de l'histoire américaine : l'actualité et l'Histoire sont intégrés au récit de façon diffuse, décelables à qui saura repérer les signes.

SOUVENIRS DU VIEUX SUD

Dans les années cinquante, et à plus forte raison dans les années trente, le Sud des États-Unis porte encore les stigmates de la guerre civile ne serait-ce que parce que de nombreux témoins sont encore vivants. À travers eux, plus que les batailles, c'est l'esprit du vieux Sud qui se révèle, celui des plantations, de l'agriculture florissante, d'un art de vivre supposé plus raffiné qu'au Nord. À travers des personnages comme Mrs Dubose, dont Atticus dira qu'elle était une grande dame, s'exprime un monde aussi rêvé que moribond, stable parce que régi par des codes sociaux drastiques. Le personnage de tante Alexandra, avec son attachement opiniâtre à l'Histoire et aux généalogies, est également le témoin d'un fonctionnement social issu d'un passé vu comme glorieux au cœur d'une époque troublée.

LE FANTÔME DE LA GRANDE DÉPRESSION

Situer son récit dans les années trente, c'est l'inscrire d'emblée dans une période économique trouble que tous les lecteurs de 1960 ont encore présente à l'esprit. Pour mémoire, avec le krach boursier de 1929 qui met fin à la bulle spéculative du système bancaire et la déflation massive qui s'ensuit, le début des années trente a été marqué par une crise bancaire, économique puis sociale (chômage à 25 %, grèves et manifestations de la faim, crise agricole, etc.), d'une ampleur jusqu'alors inconnue. Ce n'est qu'avec la politique du New Deal mise en place par Franklin Roosevelt (président américain, 1882-1945) et un interventionnisme économique fort du Gouvernement que les États-Unis retrouvent le chemin de la croissance, même si la situation reste chaotique jusqu'à l'après-guerre.

La génération de Harper Lee, qui est aussi celle de Steinbeck (écrivain américain, 1902-1968), a donc vécu et écrit cette période qui a vu la fin brutale d'une sorte de « belle époque » de la vie économique américaine. Si *Ne tirez pas sur l'oiseau moqueur* n'a pas la dimension sociologique des *Raisins de la colère* (1939), il n'en constitue pas moins une sorte d'écho de cette sombre période, notamment pour un État du Sud rural menacé par l'industrialisation en plus de la crise. La pauvreté des Cunningham, petits fermiers contraints à l'hypothèque de leurs biens, et leur insistance à ne pas accepter la charité, offre donc une image de cette histoire douloureuse.

VERS LES DROITS CIVIQUES

Quand Harper Lee publie son roman, la lutte pour les droits civiques des Noirs américains en est à ses prémices, et la ségrégation raciale est toujours d'actualité. En Alabama, la mise en place de la Constitution de 1901, qui s'appuie entre autres sur le principe de la suprématie blanche, puis les différents arrêtés dits de Jim Crow communs à tous les États du Sud, réduisent drastiquement les possibilités d'évolution sociale de la population noire :

- le droit de vote est subordonné à la réussite d'un test et à l'acquittement d'une taxe ;
- l'éducation leur est presque inaccessible ;

- des emplacements, salles et compartiments leur sont réservés dans les autobus, les trains, les restaurants, etc. ;
- les mariages mixtes sont interdits ;
- le partage des fontaines publiques est interdit ;
- très peu d'emplois leur sont ouverts, ce qui force des dizaines de milliers d'Afro-Américains à émigrer vers le Nord ;
- etc.

Cette discrimination a pour effet le développement d'économies parallèles et de marchés spécifiques aux Afro-Américains. Dans ce climat de violence sociale à la fois extrême et banalisée, des organisations suprématistes blanches, comme le Ku Klux Klan reformé en 1915, font régner la terreur et multiplient les lynchages.

Le mouvement pour les droits civiques naît en Alabama alors que le système ségrégationniste commence à vaciller (l'arrêt Brown vs. Board of Education de 1954 a déclaré anticonstitutionnelle la ségrégation dans les écoles publiques). En 1955, Claudette Colvin, une adolescente de 15 ans, est arrêtée et condamnée pour avoir refusé de céder sa place à un homme blanc dans un bus. Quelques mois plus tard, à Montgomery, Rosa Parks subit le même traitement et reçoit l'aide du jeune pasteur Martin Luther King (1929-1968). Le boycott des bus de Montgomery qui en résulte durera 381 jours. Face à l'intransigeance de la loi et à la violence des groupuscules armés, s'inspirant des principes de Thoreau (philosophe et poète américain, 1817-1862) et de Gandhi (1869-1948), King prône la non-violence et la désobéissance civile. Diverses organisations mettent en place des *sittings*, des manifestations et marches (telle la marche sur Washington de 1963, au cours de laquelle Martin Luther King prononce son célèbre discours « I have a dream »).

Martin Luther King saluant la foule là où il a prononcé son célèbre discours « I have a dream », en 1963.

La ségrégation prend officiellement fin avec le vote du Civil Rights Act en 1964 qui déclare illégale la discrimination reposant sur la race, la couleur, la religion, le sexe ou l'origine nationale, puis le Voting Right Act de 1965, qui abolit toutes les restrictions au droit de vote.

Ces différents éléments historiques et sociologiques n'occupent jamais le premier plan du roman. Ceci pourrait s'expliquer par le point de vue choisi, celui d'une fillette de 6 ans, mais on constate que les autres habitants de la ville s'intéressent assez peu à tout ce qui sort du cadre de la ville. Si la question de la ségrégation, par exemple, est essentielle au roman, il apparaît rapidement qu'Harper Lee n'a jamais eu l'intention d'écrire sur l'actualité politique, préférant rédiger l'histoire la plus universelle possible.

ANALYSE DES PERSONNAGES

JEAN LOUISE FINCH, DITE SCOUT

Âgée de 6 ans au début du roman, 8 à la fin, Scout est un personnage surprenant en ce qu'elle mêle deux voix distinctes : celle de l'enfant, qui transparaît notamment dans les dialogues, et celle de l'adulte qui commente l'action avec le bénéfice de la distance et de l'ironie. C'est en quelque sorte une voix d'adulte qui s'exprime dans un corps d'enfant, ce qui est confirmé par le fait que Scout se définit elle-même et ses congénères comme de petites adultes à plusieurs reprises. Elle sait lire avant d'entrer à l'école, et son vocabulaire très développé lui permet d'en remontrer aux adultes, surtout lorsqu'elle s'estime autorisée à réparer une injustice. C'est cet art rhétorique, teinté d'humour pince-sans-rire, qui sauvera la vie de son père lors de sa confrontation avec les hommes de la ville venus tuer Tom Robinson.

Scout est également un garçon manqué, au grand dam de sa tante qui s'échine à en faire une demoiselle en jupon et caraco, et en cela occupe, comme Boo Radley, une position ambivalente dans l'économie sociale de Maycomb : celle de l'outsider. Être à la marge fait d'elle non seulement un témoin privilégié capable de voir au-delà des apparences (et le fait qu'il s'agisse d'une enfant permet à l'auteure d'interroger des comportements sociaux qu'un personnage plus âgé considérerait comme des évidences), mais lui permet également d'être moins affectée que son frère ou Dill par les événements. Il est ainsi révélateur que seul Jem soit physiquement blessé à la fin du roman : Scout a mûri et a appris plusieurs leçons sur la marche du monde, mais cette sagesse ne la rend pas amère au contraire de son frère.

JEREMY FINCH, DIT JEM

Plus âgé que Scout de quatre ans, Jem Finch est sans doute le personnage qui évolue le plus au cours du roman. Compagnon de jeu de sa petite sœur qu'il considère comme une égale au début de l'intrigue, il entre progressivement dans l'adolescence et, de leçons de vie en désillusions, apparaît quasiment adulte à la fin du récit. Réservé et réfléchi là où Scout est impulsive, il est le premier à vouloir obéir à son père, aux adultes, aux règles. Il est également très protecteur envers sa petite sœur, même lorsqu'il se désole de la voir agir de plus en plus « comme une fille » (chapitre 6), et envers son père.

Il est le seul personnage à penser que la vérité éclatera et que Tom Robinson sera acquitté. Son bras cassé à la fin du roman peut se lire comme une métaphore de ce qui s'est brisé en lui : sa foi en la justice, en même temps que la certitude inébranlable qu'ont les enfants qu'il ne leur arrivera jamais rien.

ATTICUS FINCH

Le père des deux enfants est décrit comme un homme vieillissant, un avocat de province qui passerait facilement inaperçu. S'il sait se montrer affectueux avec ses enfants, il conserve toujours une sorte de distance et s'assure que son comportement est toujours guidé par la raison, que les conflits peuvent être évités par la parole. Son statut de veuf et de père célibataire le place légèrement à la marge des conventions sociales, ce qui permet au personnage d'être moins soumis aux préjugés sociaux. Pour autant, il fait preuve d'une force morale peu commune, et les critiques ne s'y sont pas trompées en voyant en lui un archétype du héros moderne.

Si le protagoniste évolue au fil du roman, c'est uniquement dû au regard des enfants, qui apprennent à connaître leur père dans des situations inédites. Atticus est ainsi le seul à affronter et à abattre un chien enragé, apprenant par là à son fils que le courage n'a rien à voir avec le fait de tenir une arme. Par la suite, il démontre qu'il est le seul capable d'assurer la défense d'un homme noir accusé d'avoir agressé une femme blanche, grâce à son seul sens de la justice et bien qu'il sache que le procès est perdu d'avance. Là où Scout, Boo et les autres personnages en marge proposent une forme de rébellion contre un système inique, Atticus ne remet pas en cause ce système. Il cherche au contraire à le pousser dans ses retranchements pour mettre au jour les défaillances et les absurdités. S'il ne parvient pas à sauver Tom Robinson, ses actes contribuent à sauver quelque peu Maycomb et à forger le caractère de ses enfants.

CHARLES BAKER HARRIS, DIT DILL

On a souvent souligné que le personnage de Dill, l'ami d'été de Jem et Scout, était directement inspiré de Truman Capote qui, passait ses étés à Monroeville avec la jeune Nelle Harper Lee. Dans le roman, Dill permet de dresser un contraste saisissant avec les deux autres enfants. Tandis que ceux-ci viennent d'une famille attachée aux traditions, Dill ignore qui est son père, et sa mère semble peu se préoccuper de lui. Il a vu et fait des choses que Jem et Scout ignorent encore. Son apparence chétive, son imagination et ses manières légèrement excentriques pour-raient en faire un personnage grotesque ou pour le moins comique, mais il fait souvent preuve d'une sagesse au-delà de son âge.

CALPURNIA

Calpurnia est la gouvernante des enfants, qu'elle élève depuis la mort de leur mère, et l'aide-ménagère des Finch, qui la traitent en retour comme un membre de la famille. La relation qui l'unit à Scout est très proche d'une relation mère/fille, tout en remontrances et en affection. Si l'on ignore son nom de famille, si sa propre famille et sa maison ne sont jamais présentées, on apprend certains détails au hasard de ses conversations avec Scout, comme le fait qu'elle est la seule personne de sa famille à savoir lire et écrire. L'intérêt du personnage consiste à faire le lien entre les enfants et la communauté afro-américaine de la ville, à leur montrer l'existence de l'autre. On peut en ce sens dire qu'elle est tout aussi responsable de leur éducation que le sont leur père et leur tante.

ARTHUR RADLEY, DIT BOO

Arthur, que les enfants surnomment Boo comme un monstre de cirque, est le plus jeune fils de la famille Radley et une figure supplémentaire de l'autre, centrale au roman. S'il est peu présent tout au long du récit et n'apparaît réellement qu'au dernier chapitre, le personnage est néanmoins décisif pour l'action et pour l'évolution psychologique des autres protagonistes.

Les rumeurs de la ville le présentent comme un reclus, une âme perdue et irrémédiablement étrangère, une sorte de mythe local terrifiant, ce qui enflamme l'imagination de Scout qui en fait un une créature fantomatique et cauchemardesque qui rassemble toutes ses peurs. L'expérience apprendra aux enfants que la réalité en bien différente. Arthur Radley vit certes isolé du monde, mais il est probable que cela soit le fait de sa famille et que le jeune homme ait été victime de la morale étroite et rigide de son père, dont on suppose qu'il n'appréciait pas le comportement de son fils adolescent, sans que cela soit clairement établi. Son rôle dans la scène finale, lorsqu'il tue Bob Ewell pour sauver Jem, le rend paradoxalement plus humain aux yeux des enfants.

LES EWELL

La famille Ewell est présentée par tous comme la honte de la ville. Très pauvres, d'aspect aussi négligé que leur maison, les enfants sont connus pour être livrés à eux-mêmes tandis que leur père, alcoolique, braconne. Cette famille, qui sert peu ou prou d'épouvantail à la communauté blanche de Maycomb, est aussi celle par qui le drame arrive, graduellement. Au début du roman, le petit Burris Ewell cause un scandale à l'école à cause de ses poux et de son aspect négligé. Par la suite, c'est encore un Ewell qui est à l'origine du drame central du roman : Mayella, la fille aînée, accuse Tom Robinson de l'avoir violée. Enfin, c'est encore un Ewell qui joue le rôle principal dans le dernier acte du roman, en tentant de rétablir un honneur qu'il a lui-même saboté par ses mensonges. Souhaitant se venger de l'affront fait par Atticus, Bob Ewell, le père, s'en prend aux enfants de ce dernier avec autant de couardise que de brutalité, causant par là même sa propre fin.

ANALYSE DES THÉMATIQUES

UNE PETITE VILLE DU SUD

Parce que Maycomb n'existe pas, Harper Lee a pu en faire le parangon de toutes les petites villes du Sud des États-Unis. Elle semble jouer le rôle d'un véritable personnage et offre un laboratoire social fictif.

Le poids de l'Histoire

À l'image de la tante Alexandra, les gens de Maycomb sont davantage préoccupés par le passé que par l'avenir, ou même le présent. Rares sont ceux à faire allusion au contexte politique de l'époque (l'élection de Roosevelt, la montée du nazisme en Europe pourtant concomitantes), si ce n'est par le biais d'une « leçon d'actualité » peu probante (chapitre 26).

L'histoire familiale compte davantage que les actes, lesquels s'expliquent par les actions des parents ou des grands-parents. Scout recevra ainsi plusieurs leçons de bienséance afin qu'elle apprenne ce qui se fait, à savoir se montrer digne de son ascendance, et ce qui ne se fait pas, comme inviter à déjeuner un camarade de classe vu comme inférieur. La ségrégation entre Noirs et Blancs, commune à tous les États du Sud à l'époque, est donc un héritage avant d'être une prise de position. C'est le dernier relent d'un ordre social datant d'avant la guerre de Sécession, quand le Sud pouvait s'enorgueillir de son mode de vie avant d'essuyer l'échec de la défaite.

Une fresque communautaire

Maycomb est un univers certes limité, mais complet. Outre les communautés blanche et noire, toutes les classes sociales sont représentées dans le roman : on y trouve des miséreux (les Ewell), des fermiers ruinés (les Cunningham), des employés de maison

(Calpurnia, Jessie chez Mrs Dubose), des oisifs aisés (le cercle des dames de Maycomb), des religieux (le pasteur noir), des notables (Atticus est avocat, son frère médecin), des représentants de l'ordre (le juge, Mr Tate le policier), etc. Ensemble, ils forment un groupe social solidement tissé, lié par des décennies d'histoire et de rumeurs communes, fonctionnant sur une somme de coutumes immuables que personne ne souhaite bousculer. C'est la principale raison pour laquelle Tom Robinson est condamné, comme l'explique Atticus à sa fille : chaque juré était bien conscient de l'innocence de l'accusé, mais sa libération aurait eu trop de conséquences sur leur vie quotidienne, du fait de ce réseau de vies entrelacées.

Souvenirs de la tragédie grecque

À Maycomb, ville renfermée sur elle-même, les lieux sont clos : l'école, la prison, la maison des Radley, le tribunal, autant d'enceintes qui entravent les protagonistes et fonctionnent comme des petites scènes à l'intérieur du théâtre de la ville, permettant l'unité du lieu et de l'action.

À l'instar des tragédies grecques, *Ne tirez pas sur l'oiseau moqueur* met la cité au centre du récit ; elle est à la fois héros et bourreau. Le procès de Tom Robinson est le fait d'une société qui se donne à voir, qui expose ses rouages. On peut également avancer que la pression sociale et l'histoire particulière de Maycomb sont les véritables forces tragiques du roman, comme finit par le comprendre Scout (chapitre 25) : procès ou non, Tom était condamné dès l'appel au secours de Mayella Ewell.

LES VISAGES DE LA PEUR

Ne tirez pas sur l'oiseau moqueur offre une réflexion toute en métaphore sur la notion de peur et, par corrélation, sur celle de l'autre. L'auteure choisit pour ce faire de recourir à la métaphore du monstre, qui sert de révélateur à un comportement social.

Halloween et les *spooks*

Lorsque les enfants rencontrent Dill, ils sont impressionnés par le fait que le garçon ait vu le *Dracula* de Bela Lugosi (film sorti en 1931). Par la suite, nourris de cinéma, de romans pulps (publications populaires bon marché) et de rumeurs locales, ils inventent des jeux destinés à se faire peur. Dans le monde d'avant le procès, la peur est un jeu pour les protagonistes. Si monstres il y a, ils appartiennent au surnaturel, comme Dracula ou Boo Radley, considéré à un moment comme un fantôme. Le monstre est autre, si étranger à la communauté qu'il en devient intrinsèquement différent.

On pourrait n'y voir là qu'un mécanisme propre à l'enfance, mais l'on s'aperçoit que le traitement réservé à la communauté noire par les adultes procède du même schéma de rejet hors de soi. Ainsi, lors du goûter donné par les dames de la ville, Scout s'étonne de voir les invitées toutes prêtes à voler au secours d'une mission africaine, alors qu'elles refusent cette aide à la communauté noire de leur propre ville (chapitre 24). Il s'agit là aussi d'un mécanisme de peur et de défense : rejeter l'autre qui effraie loin de ses propres frontières, physiques et métaphoriques.

En outre, le terme « *spook* », qui désigne le monstre de foire, fut aussi un temps un terme injurieux désignant les Noirs... Le *spook* s'entoure de mystère, d'ombre. Il avance en silence dans votre dos pour vous attaquer quand vous êtes le plus vulnérable. Il affiche une prédilection pour les ambiances glaçantes, comme le soir d'Halloween... Il est donc logique qu'Halloween permette de révéler un ennemi très réel, Bob Ewell, qui reprend les codes du monstre pour attaquer les enfants.

Le racisme et les préjugés

Le détour par les peurs enfantines permet à l'auteure de souligner le caractère absurde des préjugés racistes, tout en rappelant une similarité dans les mécanismes. Pour perdurer, le mode de vie de

Maycomb a besoin de reproduire sans cesse un schéma de domination et d'ostracisme envers les éléments perçus comme en marge de la société. Ceci comprend la communauté noire, d'une part, mais également toute une population composée d'outsiders tels que Scout le garçon manqué, Arthur Radley le reclus, Dolphus Raymond qui se fait passer pour alcoolique pour éviter qu'on lui reproche sa relation avec une femme noire, etc. Contre ceux-ci, la ville emploie les armes de la condescendance et de la rumeur.

La ségrégation battant son plein, le racisme est, pour les Blancs, devenu légal et acceptable. Il est normal que les gens de couleur ne sachent pas lire, qu'ils ne puissent assister aux mêmes offices religieux, qu'ils n'aient pas accès aux mêmes magasins. On l'a vu, cela procède autant d'un amour de la tradition que d'une réelle paresse morale et intellectuelle de la part des habitants de la ville, ainsi que d'une angoisse de subir les conséquences d'un changement. Le regard de l'enfant permet de démonter ce système en en soulignant, souvent avec humour, les contradictions et la bêtise.

UN ROMAN MORAL ?

Quelques critiques ont reproché à Harper Lee une vision simpliste, ou du moins simplifiée, de la justice. Il est certain que *Ne tirez pas sur l'oiseau moqueur* traduit un message sans équivoque sur les notions de culpabilité et d'innocence, et que le regard de l'enfant qui enveloppe les faits ajoute à cette impression d'ingénuité.

Une justice en noir et blanc

La seconde partie du roman est consacrée au procès, à la mise en scène de la justice qui permet de mettre au jour les laideurs internes de la ville, son hypocrisie et son racisme institutionnalisé. L'épisode du procès (chapitres 16 à 21) permet de mesurer l'écart entre la justice pratiquée à Maycomb et la véritable justice qui serait d'acquitter Tom

Robinson. Malgré les efforts d'Atticus qui n'a de cesse de s'en référer à la logique, au bon sens qui veut qu'aucune preuve n'accuse son client, le tribunal n'accueille qu'un cérémonial, une coquille creuse dont la véritable justice est absente.

Au final, ce qui était vrai s'avère faux, le juste devient injuste, le bien devient le mal, et inversement. Si renversement des valeurs il y a, l'auteure ne dévie que très peu de la dichotomie noir/blanc, et le concept de justice, tel qu'elle le propose, évolue parallèlement à l'idée d'innocence. L'auteure sous-entend par là que la véritable justice n'est pas difficile à reconnaître, mais qu'il peut exister un fossé parfois infranchissable entre le fait de reconnaître et d'appliquer.

Dans ce contexte, la voix d'Atticus Finch apparaît comme unique. De tous les personnages, il est le seul à comprendre les dessous de Maycomb et la nature du « mal » que le système ségrégationniste représente. Pour autant, il ne perd pas foi en l'humanité et s'applique à rechercher le bien et le mal en chaque individu, et non comme des entités extérieures.

Une réflexion sur l'éducation

La leçon ne profite pas à Tom Robinson et à sa famille, de toute évidence, et très peu aux deux communautés de Maycomb. Peut-être est-ce parce qu'elle s'adresse avant tout aux enfants – et bien entendu, à travers eux, aux lecteurs.

L'éducation, morale en particulier, constitue donc dans le roman un point essentiel. Dans le chapitre 3, Atticus donne à sa fille un conseil qui peut servir de grille de lecture pour l'ensemble du récit : on ne comprend jamais les gens tant que l'on ne s'est pas glissé dans leur peau ; un principe qu'elle tentera d'appliquer à plusieurs reprises et souvent avec succès. Il ne s'agit pas d'excuser n'importe quel comportement, mais d'en démontrer les raisons d'être, comme Atticus le fera pour Jem à la mort de Mrs Dubose. En d'autres termes, le sens moral s'acquiert par la connaissance et la réflexion logique, et non en répétant des préceptes hérités. On ne peut dès lors que noter le contraste saisissant qu'il existe entre les conseils dispensés par Atticus, qui parvient à adopter le point de vue de ses enfants pour leur expliquer quelque chose, et les principes éducatifs de l'institutrice (chapitre 2), qui s'apparentent davantage à un discours appris par cœur.

Cela étant, on note que la leçon d'empathie prodiguée par Atticus s'applique aux individus, non aux groupes sociaux – ou du moins, c'est là son point d'achoppement. L'avocat ne s'élève pas contre le système, il n'est pas un combattant des droits civiques. S'il défend son client de toutes ses forces, c'est parce qu'il le sait innocent et cela n'a rien à voir avec la couleur de sa peau. Il ne se fait aucune illusion sur l'incapacité de Maycomb à changer de mœurs, mais cela ne l'empêche pas d'enseigner sans relâche à ses enfants à ne pas se satisfaire des apparences, à chercher les raisons d'un comportement, à s'instruire. Cela fonctionne pour Boo Radley, pour Mrs Dubose et pour Dolphus Link. La ville dans son ensemble reste immuable.

UN ROMAN D'APPRENTISSAGE ?

À bien des égards, *Ne tirez pas sur l'oiseau moqueur* est un roman sur l'enfance. Si l'on considère l'enfance comme un monde de certitudes rassurantes, le roman saisit ce moment où elle vacille et se trouve confrontée à l'autre, au nouveau. Comme d'autres avant elle, Harper Lee montre qu'il n'est pas d'apprentissage sans perte, ni de paradis sans chute.

Le paradis de l'enfance

La première partie est en quelque sorte un roman de l'enfance à la *Huckleberry Finn* (roman picaresque de Mark Twain, publié en 1884). Lee ne déroge pas à la tradition qui veut que le roman d'apprentissage comporte certains topos : l'opposition enfants/adultes, le mimétisme de ces mêmes adultes (les bagarres dans la cour d'école, le cousin Francis qui reproduit le comportement de ses parents, chapitre 9), l'apprentissage du monde par le jeu (les scénarios de Dill, Jem et Scout, sont de plus en plus proches des réalités de la ville, chapitres 1 et 2), les épreuves à surmonter (se rendre chez les Radley pour faire sortir Boo, chapitre 6), la découverte de territoires inconnus, au propre comme au figuré (le côté « noir » de la ville, chapitre 12), etc. Le monde est alors empreint d'une sorte de magie : les chênes offrent des cadeaux aux enfants qui passent ; les fantômes hantent les vieilles maisons ; il neige en Alabama ; les histoires sont plus vraies que les faits.

On note cependant qu'à plusieurs reprises, la voix de Scout adulte se fait entendre derrière celle de l'enfant, pour annoncer un événement ou offrir une lecture différente de l'action en cours. Cette forme d'ironie dramatique offre au récit, outre une forme d'humour, un ton nostalgique envers une époque révolue, comme si Scout regrettait de n'être plus une fillette ignorante de la marche du monde.

La fin de l'innocence

Mais il faudra bientôt quitter ce monde et perdre ses illusions, une perte qui va de pair avec la prise de conscience et l'apprentissage des usages du monde. Cette éducation est tout d'abord géographique : limité à la maison et aux rues adjacentes, l'univers de Scout s'étend progressivement à l'école, à la ville entière, y compris les quartiers réservés aux Noirs, et enfin aux institutions elles-mêmes, telles que le tribunal. L'accroissement de l'espace est en somme la manifestation physique de l'expérience acquise, expérience qui ne se fait pas sans douleur : bagarres et punitions pour Scout, crise de rage pour Jem, et fugue pour Dill qui se pense abandonné par ses parents. Au fur et à mesure que l'action progresse, le monde des adultes ne semble plus aux enfants un idéal à atteindre et à mimer, mais une sorte de repoussoir incompréhensible fait de rumeurs et de faux-semblants.

L'affaire Tom Robinson sert de révélateur ; soudain, le monde n'est plus fiable. Chacun des jeunes protagonistes réagit de manière différente. Lorsque le verdict est prononcé, la première réaction de Dill est de dire qu'en fin de compte, il se verrait bien clown quand il sera grand parce que, explique-t-il avec une surprenante maturité, les gens étant ce qu'ils sont, la seule chose à faire, c'est de rire (chapitre 22). Jem, le plus âgé des enfants, mais aussi sans doute le plus idéaliste, semble le plus affecté des trois. Son bras cassé permet à l'auteure de signifier que quelque chose s'est brisé en lui : en une nuit, il a cessé d'être un enfant. De son côté, si elle a bien compris que l'injustice existe et que l'on peut, comme Tom et Boo, être puni sans être coupable, Scout apprend aussi que la bonté et le sens moral n'ont pas disparu, et c'est avec philosophie et optimisme qu'elle décide de s'accrocher à cette idée (chapitre 31).

STYLE ET ÉCRITURE

UNE STRUCTURE EN DEUX TEMPS

Avant d'être remanié par son auteure et l'éditrice Tay Hohoff, *Ne tirez pas sur l'oiseau moqueur* était conçu comme un recueil de nouvelles, axé autour de la petite ville fictive de Maycomb. La mouture définitive du roman garde quelques traces de cette composition d'origine, notamment dans les digressions, les histoires secondaires, les brefs rappels de la généalogie de chacun, etc.

Le récit est découpé en deux grands ensembles d'inégales longueurs, dont la cohésion est assurée par la voix de Scout, d'une part, puisque le récit est en réalité un long retour en arrière, et par un ensemble de métaphores qui se répondent, d'autre part.

Première partie : Une enfance à Maycomb

La première partie du roman s'étend du chapitre 1 au chapitre 11 et présente ce que l'on pourrait considérer comme le temps de l'innocence des personnages. Les trois premiers sont des chapitres d'exposition, servant à poser les protagonistes (les enfants et Atticus Finch), le cadre (Maycomb et son esprit vieux Sud) et le ton teinté d'ironie que conservera l'ensemble du récit. S'ensuivent plusieurs chapitres reprenant des anecdotes, sur la vie de la ville, sur les drames de la cour d'école, sur les leçons de vie prodiguées par Atticus, etc., de temporalités différentes et s'étalant sur une période de deux ans. Si les différents protagonistes gagnent en épaisseur, Maycomb devient peu à peu un personnage à part entière, diffracté en plusieurs figures (les Radley, Miss Maudie, Miss Stéphanie Crawford, etc.).

La thématique d'ensemble est celle d'une sorte de paradis perdu. L'univers de Scout est certes limité, mais il lui appartient totalement ; elle est une part de Maycomb comme elle est une part des Finch. Son frère et elle sont encore protégés de la laideur du monde, un monde qu'ils ne remettent pas encore en question. Ainsi, la ségrégation raciale qui sévit dans le Sud ou même simplement l'esprit de classe qui poursuit chaque personnage pour le meilleur et pour le pire ne sont pas encore considérés comme problématiques : pour le moment, tout va de soi, tel que cela a toujours été.

Un motif se détache toutefois, celui du monstre invisible qui rôde, comme une ombre qui s'étendrait progressivement sur les personnages insouciants. Pour l'heure, il s'agit d'Arthur Radley, dont la présence en creux nourrit les imaginations. Cela permet à l'auteure d'introduire une première étape dans la réflexion globale du roman (l'appréhension de l'autre), par le biais des peurs enfantines qui deviennent rapidement l'aune à laquelle se mesure le courage. Avec le chapitre 12 commence également à poindre une nouvelle forme de menace, plus réelle et circonstanciée, planant sur la tête des enfants : Atticus serait l'« ami des nègres ».

Deuxième partie : Le procès de Tom Robinson et la perte des illusions

La seconde partie (chapitres 13 à 31) s'ouvre sur le constat que Jem entre dans l'adolescence et la façon dont son comportement se modifie, signifiant par là que les choses vont changer dans la vie de Scout de façon irrémédiable.

L'ombre dont il était question dans la première partie du roman prend la forme bien réelle de la ségrégation raciale. Cette partie tourne autour du procès de Tom Robinson, des premières

rumeurs jusqu'aux conséquences tragiques pour chaque protagoniste, mais pas uniquement : à une plus large échelle, les enfants
apprennent plusieurs leçons, souvent douloureuses, sur la marche
du monde, l'hypocrisie et le courage. D'une façon ou d'une autre,
leur monde s'élargit au contact d'éléments nouveaux, souvent
craints sans raison. Le point le plus évident est l'apprentissage
qu'ils font de la différence, au contact de la communauté noire de
Maycomb, et celui de la coexistence du bien et du mal. Parallèlement
à cela se dessine une histoire familiale, celle de la famille Finch,
où chaque protagoniste se découvre et découvre les autres – ce qui
est visible notamment dans la façon dont les enfants apprennent
à connaître des facettes inconnues de leur père qui, d'avocat vieillissant et tranquille devient véritablement un héros.

Dans cette seconde partie, le mal change de visage et les extrêmes
s'inversent. Le terrifiant Boo devient un allié inestimable,
et Bob Ewell devient le monstre qui, non content d'avoir fait
condamner un homme innocent, cherche à assassiner lâchement
deux enfants.

Cherchez l'oiseau moqueur

Parmi les quelques images et analogies qui permettent d'établir un
lien entre les parties du roman se trouve la figure du monstre et celle
de l'oiseau moqueur qui donne son titre au roman.

L'oiseau, dont l'auteure fait l'un des emblèmes de l'État d'Alabama,
est issu de la famille des passereaux. Il doit son nom à sa capacité à
imiter le chant d'autres oiseaux.

L'oiseau moqueur.

Dans la première partie du roman, Atticus puis Calpurnia expliquent aux enfants que tuer un oiseau moqueur constitue un péché. Ce ne sont ni des oiseaux comestibles ni des charognards nuisibles ; ils ne semblent exister que pour la beauté de leur chant. Étrange, se dit Scout, pourquoi voudrait-on tuer un oiseau moqueur ? Par cette question l'auteure pose les jalons d'une réflexion sur la violence, gratuite ou justifiable, en même temps qu'elle annonce les heures sombres à venir. Le commentaire d'Atticus et de Calpurnia introduit également de façon littérale la question du mal dans le roman.

On peut facilement tirer un parallèle entre cet oiseau et Tom Robinson. Comme le moqueur, le jeune père de famille n'a jamais fait de mal à personne, se contentant de vivre sa vie dans les limites imposées par la société. Sa mort est un péché, en ce sens qu'elle est une tache indélébile sur Maycomb, qui modifie irrémédiablement la perception que les deux jeunes Finch ont de leur ville natale. Pareillement, Arthur Radley est un autre oiseau moqueur, séquestré sans raison par sa famille. Mais de façon plus large, l'oiseau moqueur représente également toutes les innocences, celle du condamné comme celle des enfants.

UN STYLE SIMPLE

À sa sortie comme de nos jours, les critiques ont commenté le style sans fioritures d'Harper Lee : pas d'envolées lyriques, pas de métaphores alambiquées, une nette tentation à la phrase courte et la présentation nue des faits. Si d'aucuns considèrent cela comme un défaut de maîtrise de la part de l'auteure, on peut leur répondre que le style choisi est adapté au mode de communication et à l'âge de l'héroïne.

Parler comme un enfant

À bien des égards, Scout parle comme une enfant. Elle en a les expressions, entendues dans la cour de l'école, comprises – parfois mal – au travers des conversations avec son père, son frère ou la domestique qui l'élève. Ceci confère au personnage un caractère naïf, peut-être trop marqué selon certains critiques. La voix de la fillette est particulièrement perceptible dans les dialogues, par exemple à travers l'usage qu'elle fait de l'argot, par l'absence des termes de négation. Scout, à l'instar de la majorité des enfants, pose beaucoup de questions, au contraire des adultes qui ne questionnent jamais l'ordre établi.

Un point de vue ambivalent et une voix dédoublée

Il a entre autres été reproché à Harper Lee le caractère improbable de sa jeune protagoniste. Un enfant de 6 ans serait incapable de tenir des réflexions aussi élaborées et de faire preuve d'une ironie aussi fine. Pourtant, il apparaît dès la première ligne du roman que la voix n'est pas celle d'une enfant de 6 ans, ou du moins pas uniquement.

Harper Lee ouvre son récit sur une réflexion de Scout devenue adulte et se remémorant un épisode de son enfance, l'automne au cours duquel son frère s'est cassé le bras. Le récit qui en découle n'est que le retour en arrière sur cet événement particulier et ceux qui l'ont amené. La voix de Scout à 6 ans n'est donc pas seulement une création de l'auteure, c'est aussi une re-création du personnage vingt ans plus tard. L'utilisation de ce point de vue hybride permet d'élargir la perspective généralement limitée d'une narration à la première personne, en ce que le décalage temporel – et on suppose, l'expérience acquise par le personnage en vingt ans – se substitue en partie à l'omniscience d'une narration à la troisième personne. On peut alors attribuer à Scout adulte toute l'ironie des commentaires sur l'action, et à la naïveté de l'enfant les faits bruts dont le lecteur doit tirer les leçons. On note que, dans les deux cas, l'auteure exige de nous une lecture active (par principe, l'ironie qui consiste à dire le contraire de ce que l'on veut faire entendre est un commentaire « en creux » qui suppose que le lecteur soit capable de remplir les blancs).

RÉALISME ET ÉCRITURE

Au-delà des thématiques principales et de l'action, Harper Lee écrit un roman du sud. Un sud certes loin des crinolines et des façades à colonnes, le sud tel qu'elle le connaît : pauvre, amer, quelque peu rabougri, trop facilement violent. Harper Lee veut donc écrire le sud tel qu'il est, ce qui passe par le respect des accents et des parlers locaux.

Ainsi, les personnages les plus pauvres, les Ewell, dont Scout indique qu'ils sont la honte de la ville depuis trois générations, ont une diction et un langage spécifiques qui traduit leur condition sociale. À la jeune institutrice qui lui parle de ses poux, Burris Ewell répond comme un charretier (chapitre 3). Lors du procès, le témoignage de Mayella Ewell tranche avec le langage policé de la cour et des avocats, celui de son père encore davantage puisqu'il n'hésite pas à glisser quelques plaisanteries de très mauvais goût dans le récit du viol de sa fille. Le langage apparaît donc comme le vecteur en même temps que le symptôme de la noirceur du personnage.

Dans le cas de la famille Cunningham, même s'ils manquent de savoir-vivre (chapitre 3), même si leur façon de s'exprimer n'est ni raffinée, ni même grammaticalement correcte, ils ne s'abaissent jamais à proférer les mêmes grossièretés que les Ewell, et montrent au contraire beaucoup de respect envers la famille Finch – même lorsque Mr Cunningham menace de s'en prendre à Atticus. On notera que tante Alexandra, toute à sa conscience de classe qui lui fait mettre les deux familles au même niveau, est incapable de saisir cette nuance linguistique qui fait pourtant toute la différence.

Le dialecte, l'argot, les idiomes, les accents sont autant de marqueurs lexicaux de l'identité d'un groupe. La communauté noire de Maycomb dispose, elle aussi, d'un langage qui lui est propre (chapitre 12), qui dérive en partie d'un manque d'éducation – on se souvient que dans les années trente, les Noirs n'avaient aucun accès à l'éducation secondaire. Le rôle de Calpurnia est de servir d'intermédiaire, de passeur entre les enfants et la communauté noire : cela passe aussi par son usage du langage, elle qui dit utiliser la langue des Blancs quand elle se trouve chez les Finch, et le langage des Noirs lorsqu'elle retrouve sa communauté (chapitre 12). Que dire d'une société qui refuse jusqu'à l'égalité de langage ?

LA QUESTION DU GENRE

On a vu plus haut que l'action et les protagonistes tiraient le roman du côté du récit d'apprentissage. Ce n'est toutefois pas le seul genre envisageable : le cadre et l'importance qui lui est donnée, le fait que l'intrigue est intrinsèquement liée à une terre, sont autant d'indices d'une influence de la littérature spécifique au Sud des États-Unis.

Southern gothic ?

On définit traditionnellement le southern gothic par rapport à son ancêtre, la littérature gothique dont Edgar Poe (1809-1949) est le principal représentant américain et dans laquelle on trouve des ambiances macabres, des paysages désolés (marais, maison abandonnée, forêts sombres), des personnages au bord de la folie, en bref un monde sur lequel plane le surnaturel. Avec le XXe siècle, ces motifs se sont traduits en composantes sociales ou psychologiques : la folie, la misère, les situations cocasses ou grotesques... Le terme « southern gothic » s'applique donc à une frange d'écrivains tels que William Faulkner (1897-1962), Tennessee Williams (1911-1983), Carson McCullers (1917-1967) ou encore Flannery O'Connor (1925-1964), tous issus du Sud des États-Unis dont ils ont fait leur terreau principal.

L'écriture d'Harper Lee est ainsi plus proche de celle de McCullers que des *Contes macabres* d'Edgar Allan Poe. Si la ville de Maycomb semble passéiste et décrépite, c'est davantage une qualité morale qu'un aspect esthétique. Les éléments surnaturels du roman sont le fait de l'imagination débordante des enfants (la maison des Radley, les bruits dans la nuit ou sous les lits, les chutes de neige en plein Alabama, chapitre 8). Le grotesque (le personnage de Bob Ewell, aussi risible que repoussant) est surtout l'affaire de violence sociale, d'inégalités, de préjugés. Comme nombre de ses contemporains, Harper Lee renouvelle donc le genre par l'utilisation des motifs, et non des effets.

Le mélange des tons

La littérature sudiste moderne n'est plus celle d'*Autant en emporte le vent* (1936), qui s'attardait sur l'histoire mouvementée d'une jeune femme issue d'un riche domaine du Sud, et cela vaut pour Harper Lee autant que pour Faulkner. Il s'agit davantage d'une littérature des vaincus, des pauvres, des métis, d'une population qui peine à se définir dans le monde moderne. Symptomatique du genre, ou plutôt de la tendance, car il n'existe pas de définition formelle ou de manifeste de ce courant, est la place de choix accordée à l'humour sous ses diverses formes. Ce que l'on retient du style de Harper Lee, et qui en fait toute la saveur, est l'utilisation d'un humour à la fois frais et juvénile, et d'une ironie mordante que l'on retrouve dans l'explication de faits extrêmement sérieux.

Plusieurs épisodes, centrés sur les enfants, font montre d'un humour potache, simple, qui contraste avec la noirceur des événements décrits. Citons, par exemple, les déguisements de produits agricoles des enfants (chapitre 27) et le costume de jambon de Scout (on imagine très bien la fillette se dandinant sur la route dans ce costume peu pratique, chapitre 28), la superstition un peu naïve de Mr Avery qui met le comportement des enfants sur le compte de la neige (chapitre 8), la scène des poux à l'école (chapitre 2), celle où Jem est contraint de rentrer chez lui en caleçon (chapitre 6). Il s'agit là d'un humour très visuel, fait de gestes, de situations cocasses.

Plus sombre, ou plus amer, est l'usage que l'auteure fait de l'ironie, tant comme principe dramatique que comme type d'humour. Ceci lui permet de rendre visible le décalage qu'il existe entre la vérité et les apparences. Par exemple, la scène du goûter des dames de Maycomb (chapitre 24) repose entièrement sur l'ironie de la situation : les personnages qui dissertent sur la bravoure des missionnaires en Afrique et la nécessité morale de leur venir en aide sont les mêmes qui confortent Maycomb dans ses attitudes racistes et ségrégationnistes. Seuls semblent percevoir ce décalage Scout, trop jeune, et Miss Maudie, que la scène n'amuse pas du tout, alors que pour le lecteur, les dames et leur conversation sont ridicules. Le double discours rend nul et risible les efforts des citoyens de Maycomb pour justifier leurs comportements. On trouve ce même processus dans le chapitre 26, lorsqu'un élève entreprend de présenter la politique d'Hitler (homme d'État allemand, 1889-1945) et que l'institutrice se lance dans une leçon de démocratie à la gloire des États-Unis, alors même que la situation dans la ville est tout sauf égalitaire ou simplement juste. En surface, la scène est amusante, notamment parce que le cadre de la salle de classe crée un « effet-bulle » qui garde à distance les horreurs du monde ; mais, *a posteriori*, il n'y a rien de drôle à ce comportement qui dévoile toute l'hypocrisie et l'ignorance de la société.

LA RÉCEPTION DE *NE TIREZ PAS SUR L'OISEAU MOQUEUR*

Lorsque le roman paraît, en juillet 1960, personne ne connaît Harper Lee. Ni l'auteure ni l'éditeur ne s'attendent à des ventes mirobolantes pour ce premier roman : « Je n'attendais pas particulièrement le succès avec cet *Oiseau moqueur* », explique Lee dans sa dernière interview, accordée à la station radio WQRX en 1964 ; « j'espérais que les critiques m'expédieraient de façon rapide et clémente, mais dans le même temps, j'espérais que quelqu'un aimerait suffisamment le livre pour que cela me donne du courage ». Pourtant, dès sa parution et depuis 56 ans, l'œuvre est un succès.

UN ROMAN QUI NE LAISSE PAS INDIFFÉRENT

Plusieurs voix s'élèvent pour commenter le style unique de Lee, la différence marquée avec les autres écrivains sudistes, au style plus raffiné peut-être, plus ampoulé parfois. On s'accorde à dire que le roman se lit bien, qu'il dit des choses nécessaires sur le monde actuel : il s'agit d'« un émouvant plaidoyer pour la tolérance » pour le critique du *San Francisco Chronicle* (juillet 1960), d'« une histoire si remarquablement conçue qu'on ne peut que la considérer comme honorable et captivante » pour celui du *Chicago Tribune* (juillet 1960). Le *Time Magazine* salue, de son côté, un ouvrage qui « apprend au lecteur un nombre époustouflant de choses sur les petites filles et la vie dans le Sud » (1er août 1960). D'autres, à l'instar du critique littéraire du *Chicago Sunday Tribune*, refusent de réduire le roman à un « récit sur les droits civiques », préférant y voir une allégorie sur le monde contemporain en général, sur une nouvelle forme d'héroïsme.

L'Oiseau moqueur ne fait pour autant pas l'unanimité. L'écrivain Flannery O'Connor aura ce commentaire lapidaire et sarcastique : « Je trouve que ce n'est pas si mal, comme livre pour enfants. Je me demande si tous ces gens qui achètent le roman se rendent compte qu'ils achètent un livre pour enfants. » (extrait de la correspondance personnelle de l'auteur, été 1960) Carson McCullers, habituée des personnages de garçons manqués, se contentera de sous-entendre qu'Harper Lee s'est inspirée d'elle (lettre à l'une de ses cousines, vers 1960). Plusieurs critiquent considèrent en outre le choix narratif comme peu probant, peu plausible.

Ces quelques voix professionnelles ne doivent pas faire oublier le fait que *Ne tirez pas sur l'oiseau moqueur* est avant tout un succès populaire. La première année suivant sa parution, le roman a été traduit en 10 langues.

En 1961, alors qu'il figure sur la liste des best-sellers depuis 41 semaines, le roman reçoit le prix Pulitzer, à la surprise totale de son auteure. D'autres récompenses suivront. Fait rare, en 1963, soit trois ans après sa parution, le roman entre au programme des lycées et collèges américains. Il est en passe de devenir le classique que l'on connaît aujourd'hui.

La ferveur populaire est telle que le réalisateur Robert Mulligan (1925-2008), qui s'est fait une spécialité des films sur l'enfance et le passage à l'âge adulte, se voit confier le projet d'adaptation du roman-phénomène. *To Kill a Mockingbird* (*Du silence et des ombres,* en français) sort sur les écrans en 1962, et entre directement en lice pour les Oscars. Il en remportera trois : celui du meilleur décor, de la meilleure adaptation et du meilleur acteur pour Gregory Peck qui tient le rôle d'Atticus Finch. Le comédien deviendra par ailleurs l'un des proches amis d'Harper Lee jusqu'à sa mort en 2003.

En 2010, le roman est disponible dans 30 langues et s'est vendu à 30 millions d'exemplaires à travers le monde, entrant ainsi dans le club très fermé des 50 ouvrages les plus vendus au monde.

RUMEURS ET CONTROVERSES

Un commentaire de Truman Capote figurant sur la jaquette de la première édition a semé le doute quant à la paternité réelle du roman. D'aucuns en ont déduit que l'auteur de *De sang-froid* avait sinon écrit, du moins lourdement édité, le roman dont Harper Lee ne serait qu'un prête-nom. Plusieurs témoins ont accrédité cette thèse au fil des décennies, avant que la controverse ne soit démentie en 2006 par la découverte de plusieurs lettres de Capote : Lee est bien l'auteure du roman.

Malgré son immense succès populaire, le livre s'est plusieurs fois retrouvé dans la ligne de mire de la censure, notamment à son arrivée dans les programmes scolaires. Selon l'American Library Association, le livre figure régulièrement dans les 20 livres les plus souvent remis en question ou interdits dans les écoles et les bibliothèques des États-Unis. En 1966, un comité de parents d'élèves a, par exemple, refusé que soit étudié en cours un roman dont l'intrigue tourne autour du viol, d'une part, et sous-entend l'attraction d'une jeune fille blanche pour un homme noir. En 1996, le livre est retiré des listes de lecture d'une petite ville du Texas parce qu'il entrerait en conflit avec les valeurs de la communauté. Autre temps, autres mœurs : avec les années soixante-dix et le climat social plus ouvert à la question des droits civiques, le roman se voit reprocher son manque d'activisme et une condamnation pas assez ferme du racisme, la passivité des personnages noirs et leur effacement à l'arrière-plan de l'intrigue. En outre, il a été souvent reproché à l'auteure son utilisation systématique du terme « négro », à très haute connotation raciste de nos jours.

Aujourd'hui, avec le recul, certains critiques et lecteurs commencent à se demander si *Ne tirez pas sur l'oiseau moqueur* mérite réellement sa position de classique, s'il ne s'agit pas simplement d'un bon livre qui ne dit plus grand-chose du monde actuel. La majorité s'accorde toutefois à célébrer une histoire certes naïve par certains aspects, mais nécessaire, et qui dégage un charme indéniable. L'absence de carrière littéraire d'Harper Lee puis la controverse qui a entouré la publication, en 2015, de *Va et poste une sentinelle* accrédite la thèse d'une auteure qui aurait épuisé en un livre toutes ses ressources créatives. Mais là n'est pas l'important : *Ne tirez pas sur l'oiseau moqueur* reste un monument de la littérature américaine contemporaine qui a su pointer les dysfonctionnements du pays.

BIBLIOGRAPHIE

ÉDITION DE RÉFÉRENCE

* LEE (Harper), *Ne tirez pas sur l'oiseau moqueur*, Paris, Livre de Poche, édition Kindle, 2006.

SOURCES BIBLIOGRAPHIQUES

* « About the author » et « *To kill a Mockingbird* », in *The Big Read*, consulté le 15 janvier 2016.
* ANDERSON (Nancy G.), « Harper Lee », in *Encyclopedia of Alabama*, consulté le 15 janvier 2016.
  http://eoa.auburn.edu/article/h-1126
* « Biography », in *HarperLee.com*, consulté le 15 janvier 2016.
* FREEDLAND (Michael), « I'm the only journalist alive to have interviewed Harper Lee », in *TheGuardian.com*, consulté le 15 janvier 2015.
* « Harper Lee obituary », in *TheGuardian.com*, consulté le 18 avril 2016.
  http://www.theguardian.com/books/2016/feb/19/harper-lee
* LEE (Alice), « Harper Lee, my little sister », in *TheGuardian.com*, consulté le 14 janvier 2016.
* LEE (Nelle Harper), *Ne tirez pas sur l'oiseau moqueur*, Paris, Le Livre de Poche, edition numérique, 2006.
* LEYRIS (Raphaëlle), « Harper Lee publie un second roman 55 ans après *Ne tirez pas sur l'oiseau moqueur*, in *LeMonde.fr*, consulté le 14 janvier 2016.
  http://www.lemonde.fr/livres/article/2015/02/03/cinquante-cinq-apres-ne-tirez-pas-sur-l-oiseau-moqueur-harper-lee-va-publier-un-second-roman_4569105_3260.html

- MEYER (Michael J., dir.), *Harper Lee's* To Kill a Mockingbird – *New essays*, Plymouth, Scarecrow Press Inc, 2010.
- « Why was it banned », in *ToKillaMockingBirdAndCensorship. weebly.com*, consulté le 30 janvier 2016.

SOURCES COMPLÉMENTAIRES

- « About life and little girls », in *Time Magazine*, consulté le 28 janvier 2016.
  http://time.com/3693680/to-kill-a-mockingbird-review/
- « Harper Lee's novel achievement », in *Smithonianmag.com*, consulté le 20 janvier 2016.
  http://www.smithsonianmag.com/arts-culture/harper-lees-novel-achievement-141052/?no-ist
- LEE (Nelle Harper), *Va et poste une sentinelle*, Paris, Grasset, 2015.
- SHIELD (Charles), *Mockingbird : a Portrait of Harper Lee*, New York, Owl Books, 2006.

SOURCES ICONOGRAPHIQUES

- Photo de Harper Lee en compagnie de l'ex-président des États-Unis, George W. Bush, à l'occasion de la remise de la médaille présidentielle de la Liberté, en 2007. © Eric Draper.
- Martin Luther King saluant la foule là où il a prononcé son célèbre discours « I have a dream », en 1963. La photo reproduite est réputée libre de droits.
- L'oiseau moqueur. La photo reproduite est réputée libre de droits.

ADAPTATION

- *Du silence et des ombres* (*To Kill a Mockingbird*), film de Robert Mulligan, avec Gregory Peck, Mary Badham, Philip Alford et Robert Duvall, États-Unis, 1962.

Éditeur responsable : Lemaitre Publishing
Avenue de la Couronne 382 | B-1050 Bruxelles
info@lemaitre-editions.com

ISBN ebook : 978-2-8062-6597-5
ISBN papier : 978-2-8062-7818-0
Dépôt légal : D/2016/12603/152
Couverture : © Lisiane Detaille.